El diario de Pedro

El diario de Pedro

Un viaje con Cristóbal Colón
3 de agosto de 1492 al 14 de febrero de 1493

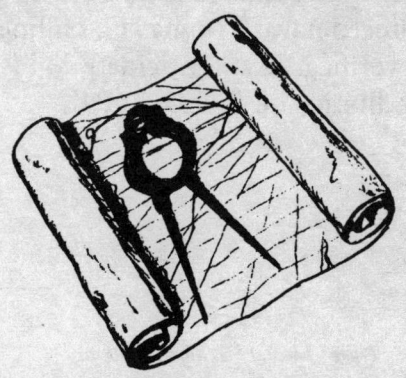

Pam Conrad

Ilustraciones interiores de Peter Koeppen
Traducción de Leda Schiavo

SCHOLASTIC INC.

New York   Toronto   London   Auckland   Sydney

Un agradecimiento especial al
arquitecto naval Thomas C. Gillmer
por verificar la autenticidad de los
dibujos de Pedro. —P.K.

Pedro's Journal / *El diario de Pedro*

ISBN 0-590-47402-2
ISBN 0-590-29195-5 (meets NASTA specifications)

24 23 22 21 20 19 18 17 16 15 14   40   6 7 8 9/0

A Ralph Fatturuse
quien me alentó a saltar
del Sarah Moon —P.C.

El diario de Pedro

3 de agosto

En la lista de la tripulación de la *Santa María* estoy registrado como Pedro de Salcedo, grumete. Y el capitán de este barco, que se llama a sí mismo "Capitán General de la Mar Océana", me contrató, no porque yo ame demasiado el mar, ni porque conozca el oficio de marinero, sino porque aprendí a leer y a escribir, y piensa que será útil llevarme.

Anoche, cuando me embarqué en la *Santa María* con otros cuarenta tripulantes y todo estuvo listo para comenzar este difícil viaje a las Indias, vi a mi madre sola en el muelle, envuelta en su mantón negro.

Levantó la mano para decirme adiós y me despedí rápidamente. Nunca antes había dejado nuestra casa. Nunca estuve en un barco tan grande como éste. Dedico este diario, este paquete de cartas y dibujos, a mi querida madre, porque ella ha perdido tantas cosas y ruego que no me pierda también a mí, a mí, su niño, al que llama *Pedro de mi corazón*.

Somos una flota de tres barcos, con nosotros, la *Niña* y la *Pinta*, y esta mañana, en la oscuridad, sin nadie que nos mirara ni nos dijera adiós, dejamos el puerto de Palos y nos dirigimos hacia el banco de arena del río Saltes. Allí esperaremos la marea y el viento y después nos dirigiremos a las Islas Canarias. Nuestros barcos serán los primeros que, navegando hacia occidente, busquen la ruta de las Indias, la tierra de Marco Polo, donde los palacios son de oro, donde los mandarines usan brocado de seda y las perlas son del tamaño de las uvas maduras.

Algunos hombres están mareados y ya murmuran que nunca veremos esta India que nuestro Capitán General está tan seguro de encontrar. En cuanto a mí, nada sé de mapas, cartas marinas o viajes lejanos. Sólo soy un grumete. En total, somos tres, y estoy empezando a sospechar que nosotros haremos todo el trabajo que nadie quiera hacer. Pero ya el Capitán me

distingue y me ha llamado para escribir y copiar algunos de sus escritos. Creo que me está probando, y verá que soy competente y tengo buena letra.

El Capitán me dijo que estaba satisfecho al comprobar que mi estómago era tan fuerte como mi mano y me alentó a describir las cosas que veo a mi alrededor. Quizás sea marinero por naturaleza, pero confieso que mirar por la borda de este barco crujiente hacia el mar revuelto me llena de terror.

7 de agosto

Dios, danos buena jornada, danos buen viaje
y da buena travesía a nuestra nave,
señor capitán y amo, buena compañía,
danos buen viaje, buen viaje.
Que Dios conceda muchos días buenos
a vuestras gracias,
caballeros de popa y caballeros de proa.

A mi madre le encantaría saber que todas las mañanas, cuando la tripulación se reúne sobre la cubierta, con las velas y las cuerdas crujiendo y rechinando, y los vientos soplando a rachas sobre nosotros, es su querido hijo el que conduce los rezos de la mañana. También se divertiría viendo cómo el Capitán reza el rosario, con tanta furia que parece que los rezos fueran órdenes que tuvieran que ser ejecutadas inmediatamente.

Estoy aprendiendo los nombres y las expresiones de todas las cosas que se relacionan con la navegación y los barcos. En muy corto tiempo—debido a la falta de paciencia del Capitán y a su mal carácter—aprendí a fingir que sé lo que significa todo. Cuando me da una orden, digo que sí con la cabeza y luego busco a alguien que pueda explicarme lo que debo hacer.

Ayer, después de sólo cuatro días de viaje, el Capitán tuvo un contratiempo porque se rompió el timón de la *Pinta*. El timón es la pieza que da dirección al barco dentro del agua, por lo que naturalmente todos tuvimos que esperar.

Yo le acompañé a la *Pinta* en el pequeño bote de nuestro barco para ver el problema. El mar nos sacudía y zarandeaba de acá para allá y yo me agarraba de los bordes cuidando mi vida mientras Colón y Martín Alonso Pinzón, el capitán de la *Pinta*, se gritaban instrucciones el uno al otro. No nos acercamos demasiado a la *Pinta* por temor de ser aplastados contra el costado de la embarcación, pero estábamos lo bastante cerca para ver el problema y para ver que Martín Alonso se las había ingeniado para arreglar el timón con unas cuerdas.

Colón estaba contento de que su capitán hubiera solucionado el problema de una manera tan ingeniosa y volvimos a la *Santa María*. Anoche Colón escribió en su diario de navegación que creía que fue a propósito, que hay hombres en la *Pinta* que no quieren hacer este viaje.

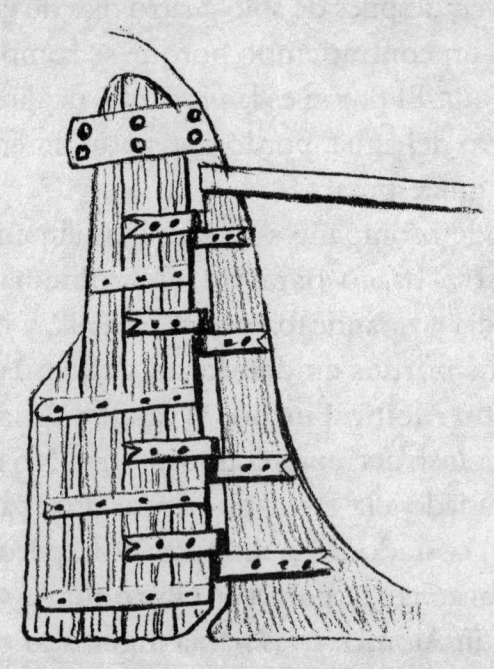

Ahora las cuerdas con que estaba atado el timón se rompieron por un fuerte viento. Hay que hacer más trabajos o encontrar un barco de reemplazo. La tripulación está triste y silenciosa, y me sorprende saber, oyendo murmuraciones y quejas, que pocos de los hombres quieren hacer este viaje. Ninguno tiene mucha fe. Y hablan bajo entre ellos sobre los monstruos del mar, y de cómo el mar se terminará de golpe y nos caeremos del borde del mundo como un tronco en una cascada. Mi Capitán parece un hombre inteligente. No puedo creer que haga algo tan tonto, de modo que me alejo de los hombres cuando dicen cosas así, pero por la noche, cuando estoy durmiendo bajo mis cobijas, a veces me despierto de golpe, convencido de que estamos cayendo al espacio y de que hemos dejado el mundo detrás de nosotros.

27 de agosto

Un largo viaje nos espera. Sé que cuando partamos de las Islas Canarias estaremos en mares desconocidos. Sin embargo, me pregunto si alguna vez partiremos. Primero esperamos un barco para reemplazar a la *Pinta*, que no sólo tiene el timón roto sino que también hace agua, pero ahora parece que no hay reemplazo y que hay que repararla. Durante todo el día los hombres reman de un bote a otro—los contramaestres, carpinteros, calafateadores—todos expertos, y juran que van a solucionar el problema. Hay mucho martilleo y gritos mientras el agua nos lleva de acá para allá, tensando la cuerda del ancla y los nervios de los marineros que están esperando.

Entonces, cuando parece que estamos listos para empezar el largo y difícil viaje, Colón da la orden de cambiar la vela latina de la *Niña* por una vela cuadrada, creyendo que así se las arreglará mejor con

el viento. Los marineros se quejan. Perderemos unos días más.

Ayer, con el calor del mediodía algunos hombres saltaron por la borda para nadar y lavarse. Quiero hacerlo, pero no todavía. Tengo miedo, me preocupa ser arrastrado lejos de la *Santa María* y que no me oigan mis compañeros.—Ven, Pedro, ¡salta! ¡salta!—me llaman. Pero yo tengo demasiado miedo.

3 de septiembre

Durante mi guardia, debo dar vuelta al reloj de arena tan pronto se vacía y gritar la hora. Hago saber la hora a la tripulación y les recuerdo que deben rezar para que tengamos un viaje seguro. Luego los llamo a cenar.

Todas las mañanas limpio las notas de navegación de la pizarra, después de que han sido copiadas en el diario de navegación del Capitán, y después llevo el diario a su camarote, donde él escribe estando solo. Escribe todas las mañanas sobre la noche anterior, y todas las noches sobre el día que acaba de pasar. Dibuja cartas de navegación que no entiendo ni siquiera después de estudiarlas. Él no sabe que trato de aprender esto. Cuando oigo sus pisadas en la escalera de madera que está entre el puente y su camarote, cierro el diario y finjo una ocupación.

Sobre la cubierta miro hacia el oeste, donde, según se dice, gentes de las Islas Canarias juran que han visto tierra en los días claros. Yo no veo nada. Mi nuevo amigo, Diego García, comenta que si les creemos cuando dicen que hay tierra más allá, también tenemos que creerles cuando dicen que han visto monstruos marinos y sirenas. Dice eso y se ríe, pero cuando miro hacia occidente y luego hacia las aguas profundas que navegaremos, pienso que puedo creer en cualquier cosa.

Hoy tuvimos que abastecernos de nuevas provisiones. Hemos consumido mucho de lo que teníamos para cruzar el océano debido a la demora por el timón

de la *Pinta*. Tenemos un poco de fruta que debemos comer rápidamente antes de que se estropee, vino, melaza, carne seca, salazón de pescado y galletas. El Capitán escribió en su diario que tenemos víveres para veintiocho días. ¿Qué comeremos después si en ese tiempo no llegamos a las Indias? No podemos dar la vuelta y volver a casa. No llegaríamos. Oh, madre querida, espero que estés rezando por el rápido retorno de tu único y querido hijo.

10 de septiembre

Todos parecen locos. Nadie hace bien su trabajo. Hasta el timonel manejó mal y nos llevó hacia el norte en lugar de hacia el oeste. Pensé que el Capitán iba a colgar a toda la tripulación del mástil. —¿Qué creen que están haciendo?—gritaba—. ¿Manejando una barca por el río de Sevilla? Lo he visto muy enojado y luego caminar de un lado a otro de su camarote rezando avemarías.

Finalmente, dejamos de ver la costa navegando hacia el oeste. Algunos dicen que pasará mucho tiempo antes de que la veamos otra vez. Si la vemos. Un par de hombres lloraban y el Capitán los reprendió y luego les prometió toda clase de riquezas y fama. Dijo que el primer hombre que divisara tierra recibiría un premio de 10.000 maravedíes.

Los hombres lo escuchan de mal humor y les veo cambiar miradas entre ellos. No le creen, y después de lo que vi esta mañana, me pregunto si no hacen bien. Me di cuenta de que en la pizarra decía que habíamos navegado 180 millas, sin embargo el Capitán puso solamente 144 en el diario oficial que ven los hombres. Creo que está tratando de hacer creer a la tripulación de que estamos más cerca de casa de lo que es en realidad.

¡Pero 10.000 maravedíes! ¡Ah, todo lo que podría comprar para mi madre! Ya me imagino un hermoso vestido, un vestido que pueda usar para la misa de Pascua. Me mantendré vigilante. Seré el primero en divisar tierra.

13 de septiembre

Bueno es lo que ha pasado,
mejor es lo que vendrá,
el séptimo ha pasado y el octavo vendrá,
y más vendrá porque Dios querrá.
Contar y contar hacen el viaje avanzar.

Todos están preocupados. Dicen que Cristóbal Colón está loco. Anoche y esta mañana leyeron el compás en relación con la Estrella Polar. No entiendo del todo, pero dicen que las lecturas son diferentes e incorrectas. Algunos dicen que, como estamos en mares peligrosos y desconocidos, nuestros compases dejarán de funcionar y nos perderemos para siempre.

El Capitán afirmó simplemente y con autoridad que anoche la Estrella Polar se movió. Así de simple. Eso es todo.

17 de septiembre

Qué cosas extrañas estamos viendo. Un día, un largo mástil estaba flotando en el agua. Los marineros dijeron que debe de haber pertenecido a un barco que pesaba por lo menos 120 toneladas. ¿Dónde está ahora ese barco? ¿Y dónde estamos nosotros? ¿Qué son estas aguas que devoran barcos enormes y escupen los pedazos rotos?

Después, algo más. Yo no estaba allí para verlo, porque no estaba de guardia, pero la otra noche alguien de la tripulación vio que una estrella se caía al agua. Se murmura que es una mala señal, un mal presagio para nuestro viaje, pero el Capitán contó todo el día historias sobre otros meteoritos que había visto durante otros muchos viajes y que todos habían anunciado cosas buenas. Todos parecían confortados. Dice estas cosas a la tripulación, pero en su diario escribe que nunca antes había visto caer uno tan cerca del barco...

Ahora el tiempo es muy bueno, lo que ayuda a conservar el buen ánimo. De vez en cuando hay brisas suaves y lluvias ligeras, y la tripulación se asombra de que naveguemos entre grandes cantidades de algas amarillas y verdes. Debe ser que estamos cerca de tierra firme. A lo mejor el Capitán, después de todo, tiene razón. Vimos un banco de marsopas nadando junto a nosotros, y alguien pescó una con un arpón. Me dio tristeza verla morir y dejar su pequeña familia, pero entonces vimos un cangrejo vivo sobre las algas, un signo seguro de que nos aproximamos a tierra. El cocinero hirvió el cangrejito y se lo sirvió al Capitán entre risas y gritos de entusiasmo.

18 de septiembre

Anoche el viento bramó a través de las velas y el barco se zarandeó como un chico tirado al aire en una manta. No dormí nada. Esta mañana el viento está más calmado, con el cielo muy muy azul y enormes nubes hinchadas sobre nosotros, y el mar se está aplacando. Más tarde, cuando llevaba el diario al camarote del Capitán, el Capitán y yo divisamos una golondrina de mar que volaba sobre el barco. Se entusiasmó y dijo que ahora la tierra no podía estar muy lejos. Inmediatamente ordenó que se echaran sondas para medir la profundidad del océano donde estábamos navegando. Pero a 200 brazas, nuestra medida más larga, no había nada. A lo mejor no hay fondo. Algunos dicen que el viento no nos llevará de vuelta a España. Estamos entrando a un lugar del cual nunca volveremos. Cuando esta mañana temprano, antes de que subiera el Capitán, fui a ver a Sancho, mi amigo el timonel, me dejó sostener el timón y manejar un rato. Es más difícil de lo que parece, pero lo hice bien. Sancho dice que un día podré ser capitán de mi propio barco y navegar por todo el mundo.

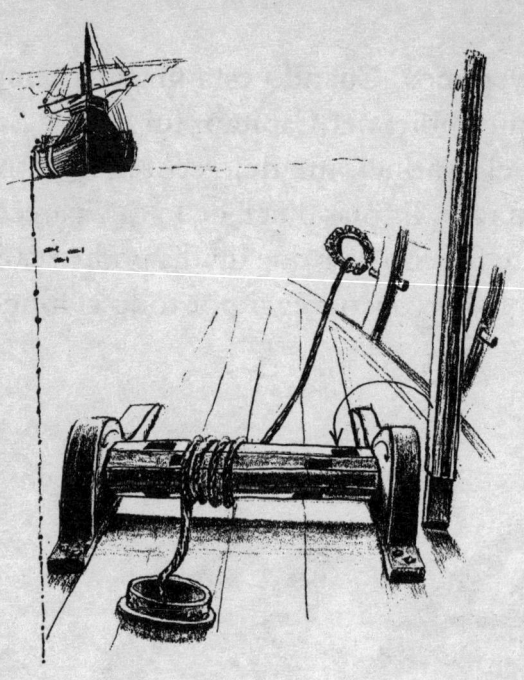

21 de septiembre

Esto es lo más raro que yo haya visto jamás. Y los hombres de a bordo, que tienen cuatro veces mi edad, también dicen que es la cosa más rara que han visto. Las algas han aumentado muchísimo. Al despertarnos esta mañana estábamos en medio de una pradera verde pálido hasta donde alcanzaba la vista. Los hombres levantaban palos llenos de esas raras ramitas verdes y amarillas con frutitas rellenas de aire que las mantienen a flote. No hay manera de evitar estas algas, y si buscáramos mar abierto nos alejaríamos de nuestra ruta, de modo que seguimos. La proa de nuestro barco parte el campo como un arado rompe la tierra. Uno de los hombres dijo que si el viento parara nos moriríamos. Quedaríamos encerrados en una maraña de espesas hierbas por toda la eternidad. Pienso que no. Casi parece que si eso sucediera podríamos trepar y caminar hasta casa a través de la pradera. Se lo dije a Diego, que se rió de mí: yo, el chico que no salta la borda para nadar, va a saltar la borda para caminar sobre las algas. Dijo que me hundiría como una bota mojada. Y volvería a la superficie chorreando algas.

25 de septiembre

Por fin llegamos a aguas limpias. Tan claras y tan calmas que otra vez tuve la oportunidad de nadar con la tripulación. Esta vez algunos me amenazaron con tirarme al agua, diciendo que era la única manera de aprender, pero felizmente Diego los amenazó con dar una lección a cualquiera que lo intentara. Él saltó y me llamaba. Me quedé un rato sentado en la borda. Al sol, sin la camisa, me sorprendió ver qué tostadas tenía las manos hasta la muñeca.

—¡Salta, Pedro! Estoy aquí—decía Diego.

—Tengo miedo—le respondía, mientras los otros se reían y trataban de salpicarme desde el agua. El Capitán estaba detrás de mí, con los brazos cruzados y su cara seria.

—¿Sabe nadar, señor?—le pregunté.

—Como una marsopa—contestó—, y con los años he observado que los que tienen facilidad con el mundo de la escritura, tanto los que escriben como los que leen, son los que mejor nadan.

Era lo que yo necesitaba. Miré hacia el océano en calma. Y a los hombres que no sabían leer y sin embargo flotaban delante de mí como corchos. Pensé en mis letras, mi diario, el pesado diario de navegación del Capitán, y mirando a Diego, me deslicé hasta el borde y salté. Pero me avergüenza decir que el agua del mar no me mojó inmediatamente. De repente estaba colgando de un listón del costado de donde se engancharon mis pantalones. Gritando y pateando, quedé colgado sobre las aguas ante la risa de la tripulación. Hasta podía oír la risa de Diego. De pronto sentí que una mano me agarraba por el brazo y desprendía mis pantalones del listón. Estaba libre. Volé para abajo como un pájaro y cuando toqué la fría y mojada superficie, me hundí más y más. Temí que nunca volvería a salir, que seguiría hacia abajo alejándome de Diego, de mi Capitán y de la *Santa María*. Pero pronto empecé a subir y me vi rodeado de amigos, con sus caras sonrientes transformadas por el pelo lacio y mojado contra la cabeza. Dos me sostuvieron y yo me agarraba con toda el alma. Poco a poco me enseñaron a patalear en el agua, a sumergirme y a abrir los ojos a una increíble luz verde. El Capitán tenía razón. No quería volver a bordo. Me hundí más y más, chapoteando como un loco para poder respirar y encontrar a Diego. Después de un rato todos volvimos a bordo. Yo estaba temblando y Sancho les dijo a todos que miraran mis labios azules. Lamento haber esperado tanto para aprender a nadar.

26 de septiembre

Amén y Dios nos dé buena noche
y buen navegar;
que el barco haga buena travesía,
señor capitán y la buena compañía.

Anoche, casi a la puesta del sol, estábamos navegando junto a la *Pinta*, y nuestro Capitán y el capitán de la *Pinta* se gritaban de un barco al otro discutiendo cómo usar una carta de navegación. El cielo era un espectáculo, rayado con suaves colores, y alrededor de nosotros el mar parecía un tranquilo y lento río. De repente, un grito que salió de la *Pinta* nos aturdió.

—¡Tierra! ¡Tierra, señor! ¡Quiero la recompensa! ¡Los 10.000 maravedíes son míos!

¡Una visión increíble! En los tres barcos los hombres treparon gateando por la jarcia, arriba y más arriba, a cualquier lugar donde pudieran agarrarse con las manos y los dedos de los pies. Hasta yo trepé tan alto como pude a lo largo del mástil, que

no era demasiado alto pero lo suficiente como para ver a la distancia lo que parecía una montaña alta, clara y aguda como hielo cincelado contra el cielo. Protegimos nuestros ojos de la puesta de sol y en el suave aire rosado un triple grito de alegría se unió a través de la pequeña extensión de nuestro mar. Cuando miré hacia abajo, vi en la cubierta a nuestro Capitán rezando de rodillas.

Lamento, sin embargo, informar que esta mañana, después de navegar toda la noche hacia el sudoeste, en dirección a esa cincelada montaña, no hemos encontrado nada. Ni siquiera un banco de arena. Había sido sólo una nube de tormenta en el horizonte del atardecer. Nada más. Nada menos.

Todos están tranquilos. Hay todavía una oportunidad para que cualquiera de nosotros gane la recompensa.

30 de septiembre

El Capitán cree que la tierra firme tiene que estar cerca. En estos últimos días hemos visto regularmente golondrinas marinas y petreles, sin mencionar los tijeretos y los dorados, y los peces voladores que aterrizan sobre cubierta. Pero Colón es el único que se anima con eso.

Ha habido muy poco viento, y el que hay viene de popa, empujándonos muy suavemente. Los hombres están aburridos e inquietos, sin mucho que hacer. Limpian y pescan, limpian y revisan las cosas de pescar, pescan, limpian y siempre, constantemente, exploran el horizonte occidental para ganar la fortuna de 10.000 maravedíes.

El Capitán murmura para sí mismo un montón en estos días. Yo lo seguía desde el castillo de proa hasta su camarote con el diario de navegación, cuando a un grupo de hombres les dijo que si hubiera un motín, y se les ocurriera volver a España sin él, todos serían ahorcados. Los hombres lo miraban fijamente, tan sin expresión como las vacas. A otro grupo les prometió pepitas de oro, mantos de oro, anillos de oro y cuencos de oro. Se jactó de que hemos estado en el mar sin ver tierra más tiempo que nadie. No creo que esa información haya reconfortado a los hombres. Sólo lo miran fijamente sin decir nada en su presencia.

5 de octubre

Anoche no pude dormir. Sólo podía pensar en mi madre y en qué le sucedería si nunca regreso, si la *Santa María* navega hacia el oeste para siempre, atrapada en este mar interminable que no va a ninguna parte. ¿Sabría alguna vez lo que me pasó? ¿Creería que estoy muerto? ¿Me buscaría todo el tiempo y después se moriría, y la encontraría muerta al volver muchos años después? Tuve miedo, en la soledad de mi rincón, de empezar a llorar y despertar a alguien. Así, envolviéndome la manta en los hombros, me fui a cubierta a buscar aire.

La guardia de la noche—si no tuviera que dormir durante el día—es mi favorita. La paz y la tranquilidad que rodean al barco son únicas. Y hubo una noche que recordaré por el rcsto de mi vida, sea larga o corta. Había una brillante luna llena en el cielo iluminando nuestro camino. En la senda que se abría delante de nosotros, el mar estaba iluminado, y la proa de nuestra embarcación iba hacia ella. Siempre hacia la senda iluminada. Los únicos sonidos eran el golpe del viento en las velas y la suave agitación de la estela del barco, sonidos que me son ahora tan familiares como mi propia respiración o el palpitar de mi corazón.

Pensé en mi madre y me di cuenta que la luna me iluminaba la cara como una linterna gigante. Miré hacia el cielo y traté de recordar la cara de mi madre; mientras lo hacía, tres pájaros volaron sobre la cara de la luna y supe que en España, en las montañas, ella estaba mirando esa misma luna.

7 de octubre

A cubierta, a cubierta,
señores marineros del lado derecho;
a cubierta enseguida
vos, señor piloto de la guardia,
que ya es hora, que ya es hora.
¡A mover las piernas!

Hemos tomado considerable velocidad y distancia en esta primera semana de octubre, pero hay sólo una cosa cierta: nos alejamos más y más de España. El Capitán escribe en su diario, preguntándose cómo no llegamos a Japón. Hemos recorrido mucho más que las esperadas 750 leguas. Seguramente, si es así, estamos yendo hacia China ahora y pronto divisaremos tierra firme.

Esta mañana hubo otro falso grito de "¡Tierra!" Esta vez desde la *Niña*. El Capitán estaba enojado con la embarcación porque salió navegando a la cabeza, probablemente para ver tierra primero. Colón quiere ser el primero, estar a la cabeza. Pero al amanecer se oyó el grito, seguido de un cañonazo, para indicar tierra y también se izó una bandera. Seguimos a la *Niña* todo el día a gran velocidad, hacia el oeste, pero no descubrimos nada. A la puesta del sol ninguna tierra se había levantado del mar, y el Capitán gritó que de ahora en adelante, cualquiera que viera equivocadamente tierra sería descalificado para cualquier recompensa futura.

Mientras gritaba a los hombres, una gran bandada de pájaros voló sobre su cabeza. Se tranquilizó y los miró. Todos los vimos desaparecer hacia el sudoeste.

—Cambie el curso—dijo Colón, repentinamente en calma y seguro—. Oeste-sudoeste. Los seguiremos hasta sus nidos.

8 de octubre

La noche pasada, Sancho me dejó timonear un poco más. Me deja hacerlo solamente cuando no hay nadie alrededor y cuando el tiempo es bueno. Veo cómo él emplea todas sus fuerzas para mantener el curso del barco cuando los vientos o las olas nos zarandean. Pero cuando todo está tranquilo y me deja tomar el timón, Sancho se tira en el piso a mi lado y se adormece. Si oigo pisadas, o si el viento empieza a aullar, lo pateo e instantáneamente se despierta y toma el mando. Pero cuando estoy al timón y siento la presión del océano en el timón, y puedo escuchar el ronquido de Sancho, entonces yo soy el Capitán, el Capitán de los Mares Recién Descubiertos,

Explorador, Aventurero, Dispensador de Maravedíes, y vuelvo a casa con el barco rebosante de mercaderías: rollos de tela muy fina, especias que llenan de rico aroma la bodega, y oro, oro que brilla tanto que no se necesitan allí abajo ni velas ni faroles. Y todos mis hombres me respetan y me reverencian y reyes y reinas me reciben en todos los puertos.

Eso es lo que pienso mientras miro la estrella que Sancho me ha dicho que debo seguir. Pero no le cuento a nadie mis fantasías, ni siquiera a Sancho o a Diego, porque podrían pensar que hay dos locos a bordo: Colón y yo.

10 de octubre

Éste ha sido uno de los peores días para el Capitán. Estoy seguro de lo que digo. Hemos navegado el doble en días y leguas en el mar que todos los demás barcos conocidos, y hemos pasado el punto donde él dijo en principio que encontraríamos tierra. No hay nada. Con seguridad que estamos perdidos. Y ahora todos lo saben.

Esta mañana los hombres respondieron con lentitud a las órdenes, con mala cara y tirando los aparejos y las cuerdas. Murmuraban en parejas y en pequeños grupos, sobre la cubierta y más abajo. El aire estaba lleno de motines y traiciones, hasta que finalmente todo se paró. El viento soplaba a través de las velas y los hombres se quedaron sobre cubierta, sin moverse cuando salió Colón.

—Suficiente—le dijo a la cara uno de los hombres—. Ya es suficiente. Ahora debemos regresar.

Los otros hombres gruñeron que estaban de acuerdo y dijeron que sí con la cabeza, con los puños apretados y agrandando el pecho. Y se quedaron inmóviles e indiferentes mientras Colón se paseaba por la cubierta diciéndoles lo cerca que él creía que debíamos estar, y que seguramente la tierra estaría detrás del horizonte. Les habló otra vez de la fama y de la fortuna que podrían lograr si aguantaran solamente un poco más. Pero se rieron de él, con la risa cruel de los hombres impacientes y derrotados.

—Por otro lado—agregó—, con el viento viniendo del este y el mar crecido no podemos torcer el rumbo hacia España justo ahora. Nos quedaríamos parados en el agua.

Miré las velas, tensas y llenas, alejándonos más y más de España. ¿Y si nunca hubiera viento del oeste? ¿Y si nos alejáramos para siempre?

—Dejen que les haga una oferta—dijo Colón finalmente—. Háganme este favor. Síganme hoy, día y noche, y si no los llevo a tierra antes del día de mañana, córtenme la cabeza y emprendan el regreso.

Los hombres se miraron unos a otros. Algunos decían que sí con la cabeza. —Un día—dijeron—, un día y nos volvemos.

—Es todo lo que pido—dijo Colón.

Más tarde, cuando fui a su camarote con el diario de navegación, la puerta del Capitán estaba cerrada por dentro, y cuando golpeé, no contestó, de modo que me senté junto a la puerta con el pesado diario en mi regazo, y esperé.

11 de octubre

Durante el día, el día que debía ser el último de navegación hacia el oeste, se vieron muchas cosas flotando en el agua, cosas que avivaron las esperanzas de todos, y los hombres volvieron a explorar el horizonte. Vimos bandadas de pájaros, juncos y plantas flotando en el agua, un pequeño tablón y hasta un palo con un pedazo de hierro claramente trabajado por un ser humano. De repente, nadie quería volver. No se habló más de ello.

Al ponerse el sol, dirigí las oraciones y los hombres cantaron la *Salve*. Entonces el Capitán habló a los marineros desde el castillo de proa, dobló la guardia nocturna y les pidió que observaran atentamente el horizonte. Ninguno pidió que regresáramos. El Capitán agregó algo a su recompensa de 10.000 maravedíes. Añadió un jubón de seda y algunos hombres empezaron a bromear entre ellos. Entonces el Capitán me hizo una seña con la cabeza y yo grité anunciando el cambio de guardia, pero mis palabras se perdieron en el viento que estaba aumentando y en los mares que crecían con olas ruidosas a nuestro alrededor. Los hombres se fueron a sus guardias o a sus literas mientras el Capitán paseaba a grandes pasos por la cubierta. No sé porque, pero esa noche me quedé con él. Me quedé quieto junto a la borda, mirando hacia afuera.

Después, una hora antes de salir la luna, el Capitán se estremeció junto a mí. —Gutiérrez—dijo a uno de los hombres de a bordo, que vino corriendo. Señaló un punto sobre el agua:— ¿Ve algo?

Gutiérrez miró hacia el oeste. —No veo nada— dijo—. ¿Qué, usted ve algo?

—¿No la ve?—susurró el Capitán—. Una luz, como una pequeña vela de cera subiendo y bajando.

Gutiérrez, a su lado, se quedó quieto. Yo estaba

también a su lado, aguzando mis ojos hacia el negro horizonte.

De repente, otro marinero gritó en la oscuridad: "¡Tierra! ¡Tierra!"

—¡Él ya la ha visto!—grité—. Mi amo ya la ha visto. Y el Capitán se rió y me despeinó.

"¡Tierra! ¡Tierra!", se escuchaba a través del agua desde los tres barcos.

Ahora estoy abajo, escribiendo en el camarote del Capitán, mientras a la luz de la luna, con nuestras velas que parecen de plata bajo su luz, nuestros tres barcos exploradores van hacia tierra, cabeceando y balanceándose sobre el oleaje.

Mañana nuestros pies tocarán tierra firme, y puedo asegurar a mi querida madre, allá en las montañas de España, que esta noche nadie dormirá mucho a bordo de la *Santa María*.

12 de octubre

Una exuberante isla verde apareció por la mañana y nuestros tres barcos se aproximaron cuidadosamente, maniobrando a través de las olas y de un peligroso arrecife de coral. Podíamos ver claramente los arrecifes a través de la brillante agua azul, mientras navegábamos entre ellos. Y...ah, es verdad, hay tierra firme, verdadera tierra, tan lejos de España. La *Santa María* guió a las demás naves hacia la abrigada bahía de la isla, que tenía cinco brazas de profundidad. Echamos el ancla y sólo nos detuvimos un momento para admirar esa extraordinaria belleza. Se prepararon, armaron y bajaron unos pequeños botes, y algunos de nosotros fuimos hacia la playa. Por respeto, todos esperamos que Colón saltara del bote, para que sus pies fueran los primeros en pisar la nueva tierra. (Me pregunto qué diría mi madre si supiera que su hijo había cedido los 10.000 maravedíes al Capitán, que los reclamó para sí.)

El Capitán llevaba el estandarte real de nuestro rey y nuestra reina y mientras los hombres saltaban de los botes y los aseguraban sobre la blanca arena, clavó el estandarte en la tierra, cayó de rodillas y dijo una oración de acción de gracias por nuestra llegada a la India sanos y salvos. Otros cayeron de rodillas cerca de él. Diego estaba a mi lado y me palmeó en el hombro. Me di cuenta de que era feliz al estar otra vez en tierra firme. Yo también lo estaba, pero había pasado tanto tiempo en el mar que me parecía que la tierra se ondulaba y oscilaba bajo mis pies.

El Capitán, con una solemne ceremonia, tomó formalmente posesión de la tierra en nombre del rey y de la reina, y le dio el nombre de San Salvador. Todos estábamos ahí mirando, y entonces, poco a poco empezamos a ver algo más: gente que salía de detrás de los árboles, una gente hermosa, fuerte, desnuda, con piel tostada por el sol y largos cabellos lacios. Mi madre hubiera bajado los ojos y mirado a otra parte, como la he visto hacer en casa cuando alguien se viste, pero yo no pude quitarles los ojos de encima. Algunos tenían los cuerpos y las caras atrevidamente pintados, otros solamente los ojos y la nariz. Eran muy hermosos y amables. Se acercaron a nosotros lentamente pero sin miedo, sonriendo y moviendo las manos.

Los marineros los observaban maravillados y cuando llegaron cerca, la tripulación empezó a darles monedas, cuentas rojas, cualquier cosa que tuvieran en los bolsillos. Colón le mostró su espada a un nativo, y éste, que nunca había visto una antes, pasó los dedos por el filo y luego miró asombrado cómo sus dedos chorreaban sangre en la arena.

Todos sonreían amistosamente. De cerca, pudimos ver cuán claros y amables eran sus ojos, cuán ancha y poco común era su frente.

El Capitán notó algo en especial y le dijo a uno de sus hombres:—¿Ves el oro en la nariz de aquél? ¿Ves lo dóciles que son? Será fácil llevar a seis con nosotros de vuelta a España.

Pienso que también ante eso mi madre hubiera bajado los ojos.

16 de octubre

Han pasado muchas cosas. Hay tanto para recordar y anotar, y tantas cosas que no pienso decir a mi madre. Quizás, después de todo, guarde estas cartas para mí mismo. Los nativos piensan que somos ángeles de Dios. Nadan hacia nosotros, nos saludan con la mano, se arrojan a la arena, levantan las caras y manos

al cielo, cantan y nos llaman. Eso le gusta a la tripulación, pero por encima de todos, le gusta a Colón. Él levanta los brazos con las palmas en alto, como los sacerdotes en la misa. A veces me pregunto si no se cree un poco lo que piensan de nosotros los nativos.

Ellos vienen hasta nuestro barco en rápidas embarcaciones que aguantan hasta cuarenta hombres, y a veces cuando se acercan la embarcación se vuelca, pero enseguida la enderezan y sacan el agua con calabazas vacías. Durante todo el día los indios reman para vernos, nos traen regalos de hilo de algodón, lanzas con conchas en la punta y hasta loros de colores brillantes que se sientan sobre nuestros hombros y gritan con voces humanas. A cambio les damos cuentas de colores sin valor, campanitas y sorbos de miel, que les encanta.

Los seis nativos que Colón trajo a bordo no están muy felices. Uno por uno se están escapando, y debo admitir que eso me alegra. Uno saltó por la borda y se escapó nadando; otro saltó cuando una embarcación se acercó a nosotros en la oscuridad. Unos tripulantes agarraron a un hombre que se acercó en una embarcación y lo obligaron a subir a bordo. Colón trató de convencerlo de nuestras buenas intenciones con ademanes y palabras sueltas y más regalos de cuentas de colores y basura, y el hombre volvió remando hasta la playa. Allí se encontró con más gente que conversaba y señalaba hacia nuestro barco. Colón sonrió y se convenció de que ellos creen que venimos de parte de Dios. Yo no estoy muy seguro de que lo van a seguir creyendo durante mucho tiempo.

23 de octubre

No me gustan todos los loros que hay a bordo ahora. Hasta Diego tiene uno que se sienta sobre su hombro y grita los nombres de los puertos españoles. Afortunadamente, es el único loro que no me trata de morder las orejas cuando paso.

Pasamos los días explorando la costa de San Salvador y de las islas vecinas. Cada vez que pisamos una nueva tierra, Colón trae sus cosas a la arena y le pone un nombre. Es como Adán en la Biblia, poniendo nombres a los animales. En realidad aquí no hay más animales que peces y pájaros. Y algunas

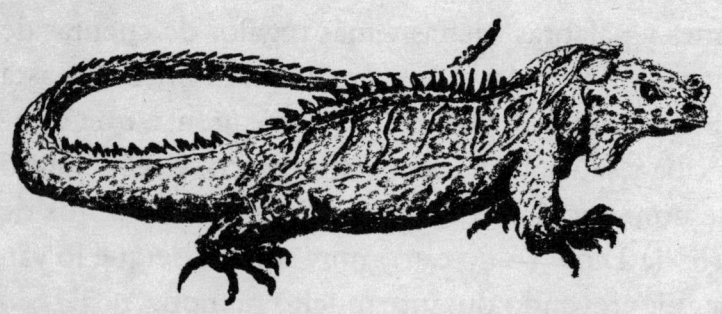

serpientes extrañas. Un día vi algo que parecía una serpiente, por la piel que tenía, y cuando me acerqué se alzó sobre sus patas y comenzó a caminar. Hay pájaros por todas partes y el agua es tan transparente y azul que cuando miramos adentro se ven los peces nadando a través de ella, peces que son tan coloridos como los pájaros.

Los nativos hacen cualquier cosa por nosotros, desde traernos agua hasta trocar sus posesiones por pedazos de vidrio roto. Yo troqué una pequeña vasija por una flecha tallada con una concha en la punta. Se la llevaré a mi madre cuando vuelva a casa.

Una vez caminaba con el Capitán por una población, cuando encontramos a un hombre que no tenía más vestido que una cuerda alrededor de la cintura y un anillo en la nariz que estaba hecho claramente de oro. El Capitán lo miró y miró fijamente. Con ademanes le preguntó al hombre qué era eso y hasta le ofreció su cinturón a cambio, pero el hombre rehusó sacudiendo las manos. Me alegró que el Capitán no lo forzara. Mientras nos íbamos me susurró:—¿Te diste cuenta? Había signos japoneses escritos en el oro. Debemos estar cerca de Japón.

De modo que a la mañana siguiente nos hicimos a la vela hacia el Japón.

29 de octubre

El viento era tan suave que Colón puso todas las velas que teníamos—la vela baja principal con sus dos bonetas, la gavia principal, el trinquete, la vela de abanico bajo el bauprés, la vela de mesana y hasta una vela en la popa—, pero cuando nos acercamos a una nueva isla en la oscuridad, tuvimos que desmantelar los palos por miedo de incrustarnos en un arrecife o en las aguas menos profundas, invisibles para nosotros.

Al amanecer pudimos ver exuberantes palmeras, y cuando nos acercamos a la playa vimos enormes chozas donde muchas familias vivían juntas. Pudimos ver redes de pescar tejidas con hilos sacados de las palmeras, y anzuelos y arpones hechos de hueso. Algunos de la tripulación probaron algo extraño. Los nativos les mostraron *tabacos*. Enrollan hojas secas, las encienden con fuego y luego inhalan el humo por la nariz. Si bien los nativos parecen gozar mucho haciendo esto, a algunos de la tripulación les dio tos y náuseas.

Aparte de eso, la tripulación es bastante feliz. Las muchachas indias son bonitas y amables con nosotros. Para los rezos del anochecer en la playa, unen sus voces a nuestras avemarías, aun cuando no conocen las palabras. Colón está encantado viendo cómo nos imitan haciendo la señal de la cruz. Está seguro de que serán buenos vasallos del rey.

Pero... ¿dónde está el Japón? ¿Dónde están las espléndidas ciudades con mármoles que parecen azabache y puentes de piedra? ¿Dónde están los templos y las especias? Y nosotros, ¿dónde estamos?

6 de noviembre

Mientras la *Santa María* fue subida a la playa para limpiarle el casco, el Capitán nos envió en una embajada con Rodrigo como jefe, al interior de la isla. Para los nativos es difícil entendernos y para nosotros es difícil saber si nos oyen correctamente. Cuando les preguntamos por el oro y por el emperador de la China, señalaron tierra adentro y se ofrecieron a guiarnos.

Fue un largo y difícil viaje a través de la densa jungla. En lugar de llevarnos a una ciudad con pabellones y templos, nos llevaron a un poblado donde había mucha gente con cara amistosa y cerca de cincuenta chozas de palmas. Esta gente también pensaba que éramos ángeles de Dios, y después de darnos de comer y hacernos sentar en una silla especial—un extraño asiento tallado con piernas y brazos, una cola y una cara—quisieron que las mujeres y los niños nos besaran las manos y los pies. No dejé que lo hicieran conmigo. Soy demasiado joven para tales honores. Rodrigo es demasiado viejo para eso, y si tengo que decir la verdad, ninguno de nuestra embajada era merecedor de tal adoración. Tenía ganas de regresar a la *Santa María*.

Cuando por fin regresamos el barco estaba en el agua otra vez, pero no fue un refugio para dejar de ver cosas que me hacían sentir incómodo. Mientras estábamos afuera, otros cinco nativos jóvenes fueron detenidos y se dice que serán convertidos y llevados a España como sirvientes.

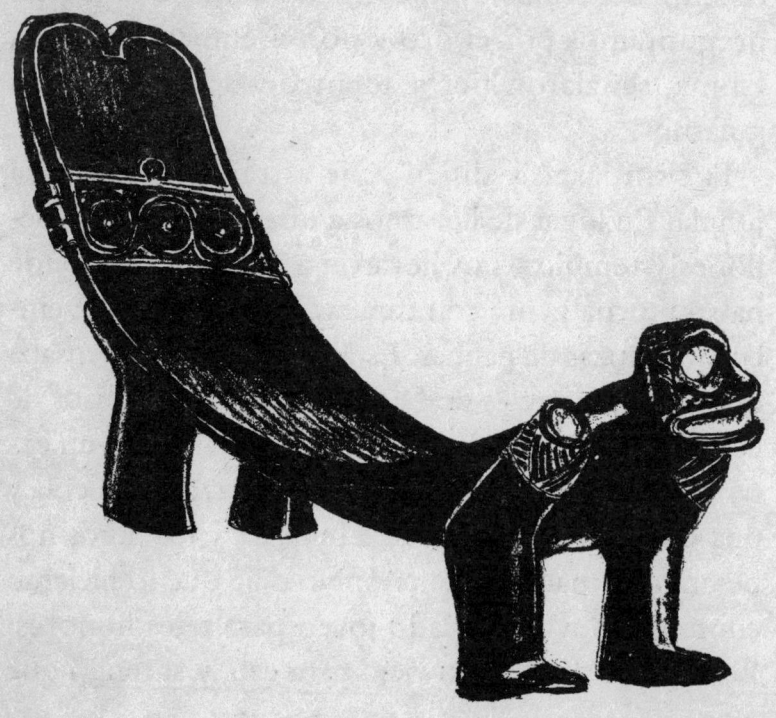

19 de noviembre

Pienso que perderse en el mar sin conocer el fin del viaje era mejor que esto. Si hubiera sabido lo que nos esperaba, hubiera navegado y navegado hasta el otro mundo, y mi madre me hubiera entendido.

La vergüenza me llena como el vino a una redoma de cuero, rezumando desde dentro y sellando mi corazón en su oscuridad. Recuerdo un verano en que la cabra de mi madre tuvo dos cabritos de color tostado, y como mi madre los dejó alimentarse y crecer hasta que fueron casi tan grandes como su madre. Cuando finalmente se los llevó a la feria, lloró todo el camino de vuelta y no pudo hablar por el resto de la noche. Al día siguiente dijo solamente que le rompía el corazón que las familias se separaran. Me reí de ella y dije que eran sólo cabras, lo que es vergonzoso, pero los balidos de la madre durante esas noches no me dejaron dormir y me dieron, también, amargo dolor.

No me reiría de mi madre nunca más. Un día de la semana pasada nuestra tripulación tomó "siete cabezas de mujeres, grandes y pequeñas y tres niños". Así están registrados en el diario del Capitán. Al caer la noche un grupo de nativos remó hasta nosotros y pidió que los lleváramos también. Eran los maridos y padres. Colón pensó que servirían como criados e intérpretes, de modo que les dio la bienvenida a bordo. Si las cabras entristecieron a mi madre, esto seguramente le hubiera roto el corazón.

25 de noviembre

Estamos todavía navegando de aquí para allá, buscando en cada isla piezas de oro y señales de la civilización china, pero no encontramos nada hasta ahora.

En una isla fui el primero en divisar tres pinos gigantes, lo suficientemente derechos y fuertes como para hacer un nuevo palo de mesana para la *Niña*. Colón dijo que era una isla espléndida, que con sus árboles maravillosos podría ser un futuro astillero para construir barcos.

Vimos una isla que los nativos de a bordo nos dijeron que se llama Bohío. Dicen que es una isla terrible y que la gente tiene allí cara de perro y un solo ojo en medio de la frente. Dicen que, cuando capturan prisioneros, se los comen. Colón cree que pueden ser soldados chinos.

También hay una mala noticia. El 21, inesperada-
mente y en apariencia sin más razón que la codicia y
rivalidad, se fue la *Pinta*. No la hemos visto desde entonces. Ahora somos solamente dos barcos.

3 de diciembre

Estamos anclados en un puerto tranquilo, bajo
chaparrones aislados. Ha estado lloviendo durante
días, sin la más ligera brisa o racha de viento. Muchos
hombres se fueron a la playa para lavar las ropas o
bañarse en el río. Dos se metieron en la jungla y
volvieron diciendo que habían llegado a un poblado
donde había colgada de un palo en un canasto una
cabeza de hombre. En adelante no voy a ir mirando
adentro de los canastos que encuentre.

Un día fui a la playa con Diego, Colón y un nativo
que trabaja para nosotros como intérprete. El Capitán
le dio a Diego una bolsa con anillos de bronce, cuentas de vidrio y campanillas y le dijo que viera cómo
podía trocarlas. Diego dijo que sí, pero sé que a él no
le gusta hacer eso. Un grupo de nativos se nos unió,
pero no eran muy amistosos y tenían poco para trocar.
Sus ojos eran de poca confianza y tenían pintados los
cuerpos de rojo, y les colgaban atados de plumas y fle-

chas. Cuando terminamos el escaso trueque, se juntaron en el río, en la popa de nuestro pequeño bote y uno comenzó a dar un discurso que no pudimos entender. Los otros comenzaron a gritar. Colón esperó, pomposo y arrogante, pero el intérprete que estaba con nosotros se puso pálido y comenzó a temblar. Le dijo al Capitán que volviéramos a la *Santa María* enseguida, que estaban planeando matarnos.

Salté al bote para regresar, pero Diego no se movió y Colón se reía. Interrumpió al que estaba dando un discurso y sacó su espada de la vaina. Con una sonrisa amable en la cara le mostró el acero brillante al sol, cortó limpiamente una correa de cuero que el que hablaba tenía al cuello, y las cuentas del collar cayeron a la arena. Luego el Capitán hizo que uno de los hombres hiciera una demostración con la ballesta. Entonces todos los nativos se dieron vuelta y corrieron hacia los árboles. Nuestro intérprete seguía intranquilo. Saltó al bote, junto a mí, temblando y llamando a los demás por señas para que volvieran rápido al barco.

El Capitán no reaccionaba. Hablaba de cuánto admiraba la habilidad manual de los nativos pero decía que eran cobardes:

—Son tan tímidos que diez de nuestros hombres

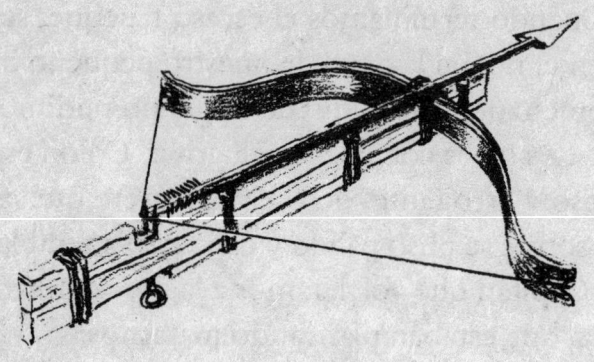

podrían asustar a miles de ellos. Yo no dije nada. El Capitán no espera nada de mí. Sólo miré en silencio la espalda de Diego, que se movía rítmicamente cuando remaba para volver a la *Santa María*.

13 de diciembre

Es difícil escribir en mi diario ahora que estamos tan ocupados, viajando de isla a isla, subiendo y bajando por los ríos, entrando y saliendo de puertos. Ya no hay largas e interminables excursiones sin que pase nada. Pero una cosa no ha cambiado. La tripulación continúa quejándose. Dicen que esto no es Asia, que todo el viaje ha sido un fracaso muy caro. Dicen que se reirán de nosotros cuando lleguemos a casa. No hay sedas, ni tesoros, sino pequeñas chucherías de oro. Todo lo que llevamos de vuelta son carretes de hilo de algodón ordinario, unas pocas lanzas rústicas y algunos nativos que cada día que pasan a bordo de la *Santa María* se ponen más flacos y tristes.

Colón sigue dando nombre a cada cosa que toca. Ve un pedazo de tierra y dice: "Te bautizo Cabo de la Estrella" o "Hola, Cabo del Elefante"; "Te nombro Cabo de Cinquin" o "Isla de la Tortuga". "Y a ti te nombro Puerto de San Nicolás". Me sorprende que no quiera bautizar a los pájaros que pasan volando. Cada vez que sus pies tocan tierra, clava una cruz en la arena y la reclama para el rey y la reina de España.

Los nativos ya no nos reciben con regalos y canciones. Ahora corren cuando nos ven. Eso me alegra. Pero ayer tres marineros corrieron tras ellos y trajeron al barco a una hermosísima joven. Colón quería hablar con ella y convencerla de que somos inofensivos y sólo queremos comerciar. Surgió una ternura instantánea entre ella y las otras nativas que están a bordo, de las que he hablado antes. Quería llevarse a las mujeres con ella al irse. Colón se negó, claro, y le dijo que volviera a su gente y les dijera que él no les iba a hacer daño. Las mujeres se tocaban las manos y se hablaban en susurros. Cuando se fue, Colón se dio vuelta y me dijo:—¿Viste el anillo de oro que tiene en la nariz?

Al día siguiente mandó una partida a buscarla a ella y a su gente, y encontraron la villa, pero había sido abandonada. Los fuegos todavía estaban encendidos, pero no había ni un alma. Pronto encontraron gente escondida y la convencieron de que salieran. Dijeron que vieron incluso a la bella joven cargada a la espalda de su marido. Pero al volver al barco no trajeron ni oro ni sedas. Sólo más de los benditos loros.

16 de diciembre

Dos noches atrás dejamos una bahía donde estuvimos anclados. Estábamos tratando de aprovechar la brisa ligera que se había levantado, cuando a la luz de la luna vimos a un hombre solitario en una pequeña canoa, remando frenéticamente en el mar picado. Colón ordenó traerlo a bordo y una vez que estuvo con nosotros, intranquilo y sin aliento, le mostraron regalos. El Capitán lo llenó de cuentas, campanillas y anillos, y el hombre se puso feliz y agradecido. Colón ofreció llevarlo a su aldea en nuestro barco y lo hizo. Al día siguiente nos acercamos a la playa, pusimos la canoa en el agua y el hombre se fue remando. Poco después una multitud de nativos se había reunido en la playa. Había cientos de ellos, y remaron lentamente hasta nuestro barco y algunos subieron a bordo. Esta gente era diferente de otras que habíamos encontrado. Eran lindos, con piel tan clara como la mía y no traían nada para trocar. Pero cuando alguno de la tripulación les tocaba un brazalete o un aro, el que lo usaba se lo sacaba y se lo regalaba. Estaba claro que era gente amable. Nos tocaban la cabeza con las dos manos y señalaban hacia la playa.

Pudimos ver allí a un hombre joven que llegaba con

mucha fanfarria. A todas luces era el rey. No vino hacia nosotros sino que se quedó primero en la playa, con los brazos cruzados sobre el pecho, y con sus viejos consejeros cerca de sus dos oídos. ¡Qué extraño les debe parecer nuestro barco! El Capitán le mandó un regalo que la reina había destinado a la realeza, y le mandó el mensaje—que él mismo se cree ahora—de que venimos del cielo y estamos buscando oro.

Más tarde el joven jefe vino, y Colón lo trató con gran ceremonia, dándole más regalos y comida. Creí que Diego tendría que saltar al agua para ocultar su

risa cuando el jefe nativo probó la comida de Castilla y se la pasó a sus consejeros.

Antes de irse, el jefe dejó claro que su isla era nuestra y que podíamos pedir todo lo que quisiéramos. Fue como si un campesino le abriera la puerta a una plaga de langostas. Nos haremos dueños de la isla. Agarraremos *todo* lo que queramos.

25 de diciembre

¿Cómo le contaré esto a mi madre? Su hijo la ha avergonzado más que un nativo desnudo o un marinero sediento de oro. Mis amigos ya no me miran a los ojos. Ruiz frunce el ceño cuando me ve, y hasta Diego me palmea el hombro con piedad cuando pasa. Me escondo del Capitán por miedo de que me ate, me amordace y me tire desde la lombarda de la *Niña*. No podría contar nada peor de lo que voy a contar. Tengo suerte de tener todavía mi diario. Tengo suerte de estar vivo.

Anoche, después de media noche, yo solo y con mis propias manos, hundí la *Santa María*.

Era medianoche, di vuelta al reloj de arena y anuncié la medianoche. Dudo de que ninguno me haya oído, porque la tripulación había celebrado la

Nochebuena durante la cena. El Capitán había abierto un barril de vino y todos se habían puesto alegres. Ninguno había dormido las dos noches anteriores debido a que los nativos treparon al barco a horas inesperadas, así que el vino los hizo dormir a todos temprano. Hasta al timonel. Yo estaba despierto junto a él, echando de menos mi casa y pensando en la misa de medianoche a la que iría mi madre, envuelta en su mantón para defenderse del viento de la sierra. Deseaba que el señor Morales hubiera ido a buscarla también este año.

Estábamos a unas diez millas de la costa de Punta Santa, y no había nada de viento, y el mar parecía un vaso de agua, tranquilo y silencioso. A través de las aguas en calma y bajo la luna nueva, apenas podía distinguir el mástil y las velas de la *Niña*.

Ruiz estaba en el timón, bostezando y cabeceando.

—Sancho me deja manejar a veces—le dije.

—No puede hacer eso—contestó Ruiz.

—Pero lo hago muy bien.

¿Necesito decir más? Antes de pensarlo, Ruiz estaba enredado a mis pies. Mi única preocupación era que el Capitán lo podía oír roncar. Seguí la ruta, siempre con los ojos clavados en la estrella que me indicó, lo juro. Apenas nos movíamos con los suaves soplidos de viento nocturno, pero pronto la *Niña* fue arrastrada por la corriente y no pude verla más. Empecé a oír un suave silbido pero no le hice caso, porque yo también estaba cansado, y todo se mezclaba con los chirridos y gruñidos y el ruido de matraca del cordaje. Pero en pocos minutos se oyó claramente. El sonido era más fuerte, y no sabía qué era. Iba a patear a Ruiz cuando sentí un horrible rasponazo y crujido y todo el barco se estremeció. Creo que el Capitán llegó al timón apenas unos segundos después de despertar a Ruiz y tomar el timón de mis manos. No cabía la menor duda. Estaba eschuchando el choque contra un arrecife. Y luego el ruido de un arrecife de coral agujereando nuestro casco.

La *Santa María* no existe más.

27 de diciembre

El Capitán ahora dice que fue mejor, que fue una bendición de Dios disfrazada de catástrofe. Sin embargo, ya no soy el grumete favorito. Ya no tengo voz para cantar las plegarias o llamar a la guardia. No puedo soportar la mirada de los nativos, y esta mañana perseguí y golpeé al loro charlatán, lo empujé al borde del barco y voló al mástil. Nadie me toma en cuenta ahora. Diego me dice que estoy perdonado, que todo se perdona. Pero me enfurece que todos fueran tan rápidos a echarme la culpa, cuando no hice nada malo. Yo era el único que estaba despierto. Yo fui leal y trabajador. Por eso se me acusó y me hicieron cargar con la culpa de todos, de su sueño de embriagados y de su cobardía.

Sí, de su cobardía. La escena del naufragio del barco fue patética. Cuando el Capitán llegó a cubierta, ordenó inmediatamente que se llevara un ancla al pequeño bote que llevamos en la popa, y que el ancla se echara lejos y se asegurara, para poder salir del arrecife arrastrándonos a nosotros mismos con la ayuda del ancla. El Capitán mandó a Juan de la Cosa al bote con algunos hombres, pero en lugar de llevar el ancla, remaron hacia la *Niña* para salvar su propia vida y dejaron que nos hundiéramos. Colón se enfureció cuando los vio irse y ordenó que el pesado mástil de la *Santa María* se cortara para aligerarla, pero con cada orden, con cada grito, podíamos sentir que el barco crujía y era arrastrado debajo del afilado y mortal arrecife.

Naturalmente, la *Niña* no recibió a Juan de la Cosa y a sus hombres a bordo sino que los mandó de vuelta con otro pequeño bote para ayudarnos. Entonces nos llevaron en pequeños grupos a la *Niña*, donde pasamos la noche viendo a la *Santa María* incrustarse en el arrecife, mientras el Capitán lloraba abiertamente delante de sus hombres.

Cuán agradecido estoy de que al amanecer el jefe nativo viniera a bordo y, llorando él también delante de nuestro problema, trató de consolar a Colón con objetos de oro. Y prometió traer más oro. Y señaló lugares hacia el este donde puede encontrarse oro en abundancia. De repente, después de oír eso, el Capitán empezó a decir que la *Santa María* era muy pesada e inadecuada para la tarea del descubrimiento y que su naufragio era la "voluntad predeterminada de Dios" y un "golpe de suerte", según sus propias palabras.

La única suerte que puedo imaginar para mí sería despertar en casa de mi madre, oírla barrer el fogón y saber que todo esto no fue más que una terrible pesadilla.

2 de enero

Ahora somos cuarenta amontonados a bordo de la *Niña*, más veintiocho de su tripulación, sin contar a los nativos que el Capitán trajo a bordo. Los nativos deben de pensar que somos muy raros: pálidos hombres venidos del cielo que se meten todos juntos en cubas de madera para flotar en el mar para toda la eternidad. Hasta yo pienso que están locos; estos hombres están tan obsesionados con el oro que han olvidado a sus familias y a sus vidas.

Hay una solución, sin embargo, para este amontonamiento. Vamos a dejar una colonia aquí, en una playa desde donde se ve la hundida *Santa María*. El nombre del pueblo será La Navidad, pero me da vergüenza y me hace enrojecer cada vez que lo oigo. El jefe de los nativos nos ha ayudado a salvar todo lo que pudimos del naufragio: madera y herramientas, reservas de comida y otras provisiones. Y el Capitán ha ordenado a los treinta y nueve hombres que se ofrecieron voluntariamente a quedarse que construyan una fortaleza y una torre, para que España tenga un lugar para regresar en viajes futuros. Colón se prepara para ir a casa, a España, con la certeza de que aquí hay oro, y de que una vez que haya aquí una colonia española, nuestras exploraciones serán más eficaces.

Mientras escribo, las lombardas están disparando a la *Santa María* para hundir lo que ha quedado de ella y para impresionar a los nativos con nuestras armas de guerra y nuestro poder. Seré feliz cuando ya no me persiga la triste visión de la *Santa María* desde la playa. Cuando pueda dejarla atrás.

8 de enero

Después de cierto retraso, estamos finalmente navegando por las islas, tratando de encontrar el oro del que habló el jefe. Horas antes de partir, un nativo trajo el rumor de que la *Pinta*, la renegada traidora, estaba anclada en un río. Ayer a mediodía, con un buen viento que nos empujaba, Colón mandó a un

hombre al mástil para buscar lugares profundos y bajíos, pero en cambio divisó a la *Pinta* navegando hacia nosotros. Pronto estuvimos anclados un barco junto al otro y el capitán Martín Alonso vino a bordo.

Martín Alonso pidió miles de excusas y perdones, diciendo que había abandonado a Colón en contra de su voluntad, pero, como dijo Diego, el aire estaba tan espeso de desconfianza y enojo que se podría haber cortado con una daga. Martín Alonso siempre fue demasiado independiente y demasiado inclinado a buscar su propia fama como para obedecer a Colón. Y Colón fue siempre muy impulsivo y poderoso como para dejar espacio a Martín Alonso. Los dos fanfarronearon sobre todo el oro que habían encontrado. Pero el Capitán puso en claro que él tenía el mando y que debían regresar juntos a España. En su diario dice que soportará su traición en silencio, contento de tener otro barco al lado para hacer el viaje de regreso.

9 de enero

El Capitán trata de favorecerme otra vez, de acercarme de nuevo al círculo de los que él *piensa* son sus admiradores y defensores. La verdad es que todos ellos son falsos y mentirosos. Le sonríen y hacen reverencias cuando están con él, pero lo ridiculizan y critican a sus espaldas. Ayer, para probar que todo está perdonado con respecto al naufragio de la *Santa María*, me invitó a ir con él cuando anclamos frente a Monte Christi. Con pocos hombres remamos hasta la playa para explorar el río del Oro. Los hombres habían dicho que cuando hundían los barriles de agua en el río, los sacaban con piezas de oro del tamaño de lentejas. Colón dijo que él mismo quería verlo antes

de nuestra partida, para poder marcar claramente el lugar en su carta de navegación. Pero vimos algo que para mí fue más maravilloso que el oro.

Iba de mala gana, sin ganas de hacerle venias al Capitán, deseando sólo guardar mi silencio de piedra. Él trataba de atraerme, señalándome las enormes tortugas con caparazones que parecen escudos de madera, cuando los hombres dejaron de remar. Todo estaba en silencio. El único movimiento era nuestro avance silencioso y el movimiento de los dedos del Capitán señalando en dirección hacia donde tres sirenas se levantaban del agua. No eran hermosas sirenas, entiéndanme, de cabellos flotantes y con perlas y algas alrededor de cuellos elegantes, sino sirenas tan musculosas y desagradables como madres de mesoneros, con una piel tan gris como la pizarra y con grotescas manos en la punta de los brazos arqueados.

—Sirenas—susurré roncamente al Capitán, dándome vuelta para mirarlo fijamente.

Me sonrió y sacudió la cabeza.—Manatíes—corrigió—. Los he visto antes, en la costa de África.

Los hombres comenzaron a remar otra vez, y los manatíes actuaron como si no nos hubieran visto. Francisco se puso otra vez a remar y suspiró diciendo:—Me recuerdan a mi mujer.

Todos nos reímos y los otros le hacían bromas:— Debe de ser una excelente cocinera para que tú vuelvas.

Y también prepara la cama para que se calienten mis fríos pies.

No recuerdo cuándo nos habíamos reído por última vez. Pero lo hicimos hoy bajo el caliente sol tropical, con un agua que parecía de diamantes deslizándose por los lentos y seguros remos. Hasta el Capitán se rió. Y yo también.

16 de enero

Dejamos casi todas nuestras provisiones para los hombres de La Navidad, porque pensamos hacer algunas paradas más antes de dirigirnos a alta mar. Con trueques conseguimos fruta y pan y cualquier cosa que nos pudiera servir para el viaje de regreso. En realidad, los nativos que encontrábamos eran cada vez menos y menos amigables. Posiblemente nos precedían los rumores.

Uno de los últimos días, varios de nuestros hombres fueron a la costa y los nativos los recibieron con arcos y flechas. Estos nativos eran diferentes de todos los que habíamos conocido antes. Eran posiblemente los Caribes, de quienes nos habían dicho que se comen a todos los que capturan. Eran hombres desagradables. Tenían la cara manchada con carbón, y el largo cabello atado atrás con plumas de loro.

Además de arcos y flechas, tenían garrotes. Además de hacer trueques, querían capturar a nuestros marineros.

Primero nuestros hombres lograron que bajaran sus armas para comerciar, pero enseguida las tomaron nuevamente y aparecieron con cuerdas para atarlos. Por supuesto nuestros hombres estaban preparados

porque el Capitán les había dado órdenes, y si bien eran sólo siete marineros y más de cincuenta nativos, nuestras armas eran más poderosas. Dijeron que le habían cortado las nalgas a un nativo y que a otro lo habían herido en el pecho. Nuestros hombres estaban realmente impresionados, no estaban acostumbrados a ser desafiados de ese modo.

El Capitán se preocupó al principio y luego dijo:— Bien, tal vez sea mejor. Van a aprender a tenernos miedo, y si una expedición de La Navidad llega hasta aquí, nuestra gente no correrá peligro.

Sin embargo, no sé cuán seguro se siente el Capitán. Tanto la *Niña* como la *Pinta* están terriblemente agujereadas, y él ahora no desea correr el riesgo de acercar nuestros barcos a la playa para repararlos y tener otra pelea con los nativos. Así que, nuestros dos barcos están bien provistos, pero agujereados, ahora que nos dirigimos finalmente hacia el mar y hacia España.

Empezamos un nuevo viaje en una nueva dirección, y si no se tiene en cuenta mi grave error de juicio e inexperiencia, creo que estoy aprendiendo a ser un buen marinero. Estoy deseando ver las enormes oleadas y el ritmo del mar abierto, donde ninguna isla nos llame con falsas promesas de oro y riquezas. Añoro esas extensiones de horizontes infinitos e in-

ternarme en profundidades sin fin. Lo que odio son los loros y el terrible ruido que hacen.

28 de enero

A la mesa, a la mesa, señor capitán y amo
y la buena compañía.
La mesa está lista, la carne está lista.
Agua como siempre para el señor capitán
y amo y la buena compañía.
¡Viva el rey de Castilla,
señor de tierra y mar!
A quien le haga la guerra,
que le corten la cabeza.
A quien no diga amén, que no tenga de beber.
La mesa está servida, el que no viene no come.

Qué sentimiento tan hermoso volver a casa. Casi hacemos una parada extra. Uno de los nativos que está en el barco le dijo al Capitán que hay una isla en el camino, donde sólo viven mujeres y se cree que los hombres vienen una parte del año y luego son expulsados con los niños varones que ya están lo suficientemente grandes como para abandonar a sus madres. El Capitán no estaba interesado en las mujeres, sino en el hecho de que ésta podría ser la isla sobre la cual

Marco Polo había escrito durante su viaje al Oriente. Podría ser la prueba que necesitaba Colón para demostrar que efectivamente había llegado a las Indias.

Ya nos habíamos desviado dos leguas en esa dirección, pero cuando vio la desilusión que tenían los hombres—que ni la idea de una isla llena de mujeres podía distraerlos del deseo de volver a casa, ni de la intranquilidad por los barcos agujereados—decidió regresar a nuestra tierra natal. Ahora los barcos cabecean delante del viento, que se vuelve fresco y más fresco cada día que pasa.

2 de febrero

Es noche de luna llena y nuevamente viajamos a través de las palpitantes praderas de algas marinas, esta vez a buena velocidad, con un viento suave que nos empuja. Hace un rato, no podía dormir por el misterioso ruido que hacían las algas, un suave y encantador crujido sobre el casco del barco, como la mano de una madre acariciando la cabeza de su bebé. Así que subí, y encontré al Capitán solo en cubierta, iluminado por la luna. Sus comentarios en el diario de navegación en estos últimos días están relacionados con las millas que recorremos y la dirección en que navegamos, esforzándonos constantemente por encontrar el camino de regreso a España. Al principio yo estaba indeciso sobre qué iba a hacer, pero finalmente me acerqué a él. Creo que ni siquiera miró quién era yo cuando señaló hacia el noreste y dijo:—Creo que hay unas islas en aquel sector. Cuando vengamos en nuestro segundo viaje, me voy a asegurar de que las pasemos a visitar.

Un segundo viaje. De repente el viento se puso muy frío para mí. La luna muy brillante. Abajo, me envuelvo bien con mi manta y me esfuerzo por escribir. El tintero en una mano, la pluma en la otra, trato de imaginarme siendo mayor en un barco como éste y no puedo. Oh, no puedo.

7 de febrero

Durante los últimos días hemos navegado bajo un cielo encapotado y a una velocidad tremenda, la velocidad más rápida de toda mi vida. Casi me quedo sin aliento. Se está poniendo muy frío y no podemos caminar por la cubierta sin agarrarnos. Luego, ayer, para tristeza de algunos que estaban en cubierta—yo no me incluyo—dos de los loros se volaron. Vayan con Dios.

Últimamente hay discusiones acaloradas entre los pilotos sobre donde estamos exactamente. Vicente Yañez Pinzón dice que Madeira tiene que estar al este. Peralonso Niño insiste que pasaremos a treinta y ocho millas de distancia de Madeira. Y Bartolomé Roldán dice que Porto Santo debe estar al este. El Capitán, quizás con más prudencia, sólo dice que estamos a setenta y ocho millas del paralelo de Flores. Qué lástima que las marejadas sean tan intensas que no podamos acercarnos a la *Pinta*. Les podríamos preguntar qué piensan y tener más opiniones de expertos sobre donde nos encontramos.

—¿Dónde estamos?—preguntan todos—. Estamos exactamente aquí—contesta el grumete. Y probablemente yo sea el único que tiene razón.

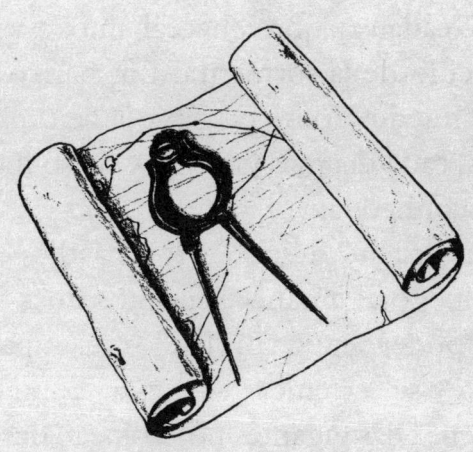

13 de febrero

Trato de escribir, pero es difícil. No puedo comer. No aguanto más. Nunca pensé que el mar podía volverse contra nosotros de esta forma. Ya me había acostumbrado a su suave oleaje y hasta a sus fuertes marejadas y vientos, pero esta tempestad es insoportable. Cuando esta noche di vuelta al reloj de arena y grité débilmente la hora en medio de la rugiente tormenta, las fuertes olas del verde mar y la espuma chocaron contra la cabina del timón, y casi nos ahogamos el timonel y yo. Todo lo que no estaba atado se caía por la borda. Inclusive cosas que habían sido atadas eran despedidas de la cubierta. Abajo, nuestras posesiones se desparramaban, volando como pájaros locos cada vez que cabeceábamos y volvíamos a caer en medio de la tormenta. Los nativos se acurrucaban de miedo. Yo no podía soportar mirar a sus oscuros ojos, cada día más grandes y si eso fuera posible, más desconfiados.

El Capitán ordenó desnudar los mástiles casi toda la noche, y luego al amanecer izamos unas velas pequeñas para poder seguir. Brillan los relámpagos, y la *Niña* trabaja y se estremece sin cesar. El mar está en total desorden. Olas gigantes nos golpean desde todas las direcciones, cruzándose unas con otras, rompiendo sobre nuestras cabezas e incrustándose en la cubierta. El mar nos azota y nos azota todo el día. Cada vez que una ola rompe sobre nosotros pienso: "¿Sobreviviremos a ésta o será tal vez la última?" Pero no se acaban nunca.

El Capitán ha abandonado el rumbo que seguíamos. La única dirección que puede seguir es alejarse de las gigantescas olas para evitar que nos hundamos. Toda la noche empapados y tambaleándonos, tratamos de mantener nuestra luz encendida para que la *Pinta* no nos pierda de vista. Durante algún tiempo su luz nos responde. Pero en algún momento de la noche la perdimos. La *Pinta* desapareció.

14 de febrero

¿Es posible que las cosas hayan empeorado? Ahora sólo un milagro del cielo puede salvarnos. Esta mañana, poco después del amanecer, bajo cubierta, en el verde y oscuro aire de la tormenta, el Capitán puso en un gorro de marinero tantos garbanzos como marineros hay en la tripulación. Uno de los garbanzos estaba marcado con una cruz y el que lo saque tendrá que ir en peregrinación de gratitud a Santa María de Guadalupe, en la sierra de Extremadura, una vez que estemos a salvo en tierra firme. El Capitán fue el primero y sacó el garbanzo con la cruz. Juró que llevaría una vela de cinco libras y que la encendería en el altar. El océano seguía protestando.

Hacia el mediodía prepararon los garbanzos otra vez. Ahora sería una peregrinación al santuario de Santa María de Loreto en Ancona. Cuando Pedro de Villa sacó el garbanzo marcado, Colón dijo que pagaría los gastos. Mientras hablaba, una pared de agua se derramaba por la escotilla. El océano se burla de nosotros.

Se está preparando una nueva lotería para mantenerse en vigilia toda la noche y pagar una misa en la iglesia de Santa Clara de Moguer, cerca de mi casa.

Esperaba sacarme ésta, pero lo hizo nuevamente el Capitán. Ya nada importa. Aterrorizados, todos prometimos ir en peregrinación al primer santuario de la Virgen María si sobrevivimos para ver otro santuario. Dios se ha olvidado de nosotros. Estamos tan sumergidos en la tempestad que hasta Él debe pensar que nos hemos perdido.

Más tarde, el mismo día

La he pasado escondido en el camarote del Capitán temblando de frío y de miedo. Soy sólo el grumete. Todo está empapado de agua salada menos este diario y el del Capitán, porque los mantenemos atados juntos en una repisa alta. Está oscureciendo otra vez y el farol del Capitán parpadea y se balancea desde el techo mientras él escribe. Me dice que seguramente nos vamos a hundir. La *Niña* no podrá seguir, y está furioso de que la *Pinta* pueda regresar y ganarse todos los méritos, de que Martín Alonso sea el héroe y de que vaya a reclamar todas las recompensas para sí.— Mis hijos quedarán huérfanos y sin un centavo— dice—, si no le llevo la noticia al rey. Entonces escribe su informe final, dando cuenta rápidamente de su viaje y de sus descubrimientos.

—Vamos a atar mi informe con una tela encerada, sellarlo dentro de un barril de madera y echarlo al mar. Si nosotros no regresamos, ojalá la verdad regrese sin nosotros—me dice. Y luego me ofreció incluir mis cartas en el barril.

Te tengo entre mis manos, estás todavía seco, por eso antes de que estés empapado y con toda la tinta manchada, y antes de que cambie de opinión, te voy a entregar a mi Capitán. Ve con Dios. Dile a Dios donde estoy. Y si alguna vez llegas hasta mi casa, dile a mi madre que he muerto con su amor en mi corazón y que rece por mi alma.

Ve con Dios. Y por favor, dile donde estoy.

Así termina el diario del joven Pedro de Salcedo.

Sabemos por historiadores y eruditos que a pesar de sus temores, la *Niña* y la *Pinta* encontraron el camino de regreso a través de tormentas, tempestades y mares peligrosos, y se reunieron en el Puerto de Palos, de donde habían partido siete meses y medio atrás.

Y por Francisco de Huelva (que regresó del Nuevo Mundo con la tripulación de la *Pinta*, y con sus ganancias compró un barco de pesca), supimos que la última vez que vieron a Pedro de Salcedo iba hacia las montañas, a casa de su madre, con la espalda contra el gran océano y con tierra firme bajo sus pies. Francisco dijo que Pedro nunca volvió a mirar hacia el horizonte azul que tentaba a los hombres jóvenes con aventuras náuticas, y nunca nadie realmente creyó que Pedro de Salcedo volvería alguna vez al mar.

NOTA DE LA AUTORA

La publicación de este libro se realiza casi 500 años después de los acontecimientos. Desde entonces en todo el mundo abundan expertos en las hazañas de Colón. Como ya no queda nadie de los que realmente estuvieron allí, nuestro conocimiento se basa en especulaciones, conjeturas, teorías y suposiciones descabelladas. Como yo soy escritora de novelas, o de lo que "no es verdad", tal vez sean las mías las suposiciones más descabelladas de todas.

Pero siento la responsabilidad de basar mis suposiciones en todas las verdades que pude encontrar, y como no soy historiadora y no puedo traducir ni una sola palabra de los diarios de viaje que se consideran auténticos, me basé en dos expertos: Robert H. Fuson, quien escribió *El diario de Cristóbal Colón*, y en un hombre que hubiera sido un muy buen compañero de navegación, Samuel Eliot Morison [sic], quien escribió *El Almirante de la Mar Océana: La vida de Cristóbal Colón*.

También debo admitir que mi oficio es contar cuentos y que no tuve la intención de enseñar nada. Para ser realmente honesta debo decir que me había olvidado del lector. Mi propósito fue sólo navegar por un corto período de la historia dentro de la mente y del corazón de un joven, Pedro de Salcedo. Si durante la lectura aprendes algo, está bien; yo también lo hice. Pero si lo único que sucede es que espías sobre la borda de la *Santa María* para ver a la *Niña* y la *Pinta*, o si ves la amigable sonrisa de Diego o asi sientes las sacudidas y el gemir del barco en su última navegación, entonces tú y yo hemos compartido una experiencia indefinible.

P.C.

Pam Conrad ha escrito muchas novelas excelentes para jóvenes, como *Stonewords* y *Prairie Songs*. Esta última ganó el Premio del Libro Infantil de la International Reading Association en 1986. Vive con su hija en Rockville Centre, New York.

Peter Koeppen ilustró *A Swinger of Birches: Poems of Robert Frost for Young People*; fue distinguido con el American Book Awards Nominee. Vive en Annapolis, Maryland.